U0137522

七十枚跳动的红宝石

乌吉斯古冷　著

远方出版社

图书在版编目（CIP）数据

七十枚跳动的红宝石/乌吉斯古冷著 . -- 呼和浩特：
远方出版社，2019.9
ISBN 978-7-5555-1361-2

Ⅰ.①七… Ⅱ.①乌… Ⅲ.①诗集-中国-当代
Ⅳ.①I227

中国版本图书馆 CIP 数据核字 (2019) 第 215129 号

七十枚跳动的红宝石
QISHI MEI TIAODONG DE HONGBAOSHI

作　　者	乌吉斯古冷
责任编辑	孟繁龙
责任校对	秋　生
装帧设计	王改英
出版发行	远方出版社
社　　址	呼和浩特市乌兰察布东路666号　邮编　010010
电　　话	(0471) 2236473 总编室　2236460 发行部
经　　销	新华书店
印　　刷	呼和浩特市圣堂彩印有限责任公司
开　　本	145mm×210mm　1/32
字　　数	110千
印　　张	6.5
版　　次	2019年9月第1版
印　　次	2019年9月第1次印刷
标准书号	ISBN 978-7-5555-1361-2
定　　价	36.00元

如发现印装质量问题，请与出版社联系调换

作者小传

祖籍黑龙江省郭后旗，中共党员，中国作家协会会员。
1960年毕业于内蒙古艺术学校。初时以蒙古文写诗，
后改用汉文，多次由内蒙古人民广播电台播送。自治区成
立三十周年、四十周年，有诗登在《人民日报》。1985年
毕业于内蒙古管理干部学院文学班。1986年任内蒙古群艺
馆汉编部主任至退休。有各种体裁文学作品发表在《中国
文化报》《新闻出版报》《诗刊》《民族文学》《诗选刊》
《内蒙古日报》《草原》《郑州晚报》《北海日报》等区

内外数十家报刊。1992 年出版第一部诗集《高原月》。有散文被《中国剪报》《老年文摘报》《人民政协报》转载。1999 年由香港银河出版社出版《乌吉斯古冷散文选》，2000 年由香港国际炎黄文化出版社出版诗集《饮一杯月光》。有诗收入《二十世纪九十年代诗选》《少数民族诗选》《内蒙古诗选》等多种选本。有数十篇人物传记及反映卓原文化作品发表，并在网上转载。有诗获内蒙古党委宣传部"河套王杯"文艺作品征文优秀奖。

翻译蒙古文长篇小说《巴雅尔的彩梦》获自治区第八届文学创作"索龙嘎"奖；翻译蒙古文长篇小说《第三行星的宣言》，后由日本作家佐治俊彦译成日文在日本国出版；翻译蒙古文短篇小说《回光》，入选作家出版社《优秀蒙古文文学作品翻译出版工程·第四辑》。

曾在内蒙古通志馆编史修志，任副主编。

2015 年 5 月出版四十余万字散文集《城市笔记》。

2018 年 11 月，中国翻译协会授予"资深翻译家"荣誉证书。

曾举办五次"塞北星杯"诗歌演唱会，受到内蒙古党委宣传部、内蒙古文化厅表彰。

现效力《老年世界》杂志。

目录

第三辑　一道墙，让全世界抬起眼睛

二手碎片（代序）

若以发表作品的年代而论，他当属我们的"文学先行者"。记得在读大学期间，就在《内蒙古日报》等刊物上看到他充满激情的青春诗篇。

……我们还想特别指出：乌吉斯古冷虽然不是一名专业作家，但他对内蒙古文学的贡献却并不比任何一名专业作家少！坦荡、率真，构成了他那永恒的文学梦！

——冯苓植《率真的人生，坦诚的文学梦》

生活的乳汁对艺术的孕育和滋养，凭借的是诗人细致的观察，独到的体认，和本质的把握。这在乌吉斯古冷的诗作中表现得特别突出。在他的笔下，搏克手本来平凡的较量，气势却如同排山倒海："……／沙尘骤起／八百年蒙古功夫／搅得天昏地暗／……／一个轰然倒下／大地闪了腰／另一个腾跃／阳光哗啦啦响成一片"（《搏克手》）。倘若熟悉搏克的人，只要看到这样的状描，就一定会脱口而出："是的，这就是搏克！"但是他们看到的是搏克的神髓，与现实生活中的搏克相比，它已经高出了不知多少倍！……这便是艺术的魅力。一般地讲，除了语言艺术之外，其他任何东西，都是不具备这种魅力的。

乌吉斯古冷在他的诗里对生活的再现，运用的是一种典型的美学意义上的抽象和蕴藉。这种抽象和蕴藉是用借代、比拟、夸张等一系列修辞学概念构成的。

……这些年来，他一直把握着诗坛的前沿，在继承中国诗歌优良传统的同时，不断地追踪着艺术前进的脚步。

——里快《关于乌吉斯古冷的诗》

你见过山地和旱地多年生长的乔木吗？既没有先天的雨露淋漓，又没有充足的地下水的滋润，也没有得天独厚的沃土的恩爱，它以刚毅的根须，死死扎入石缝，只要有一点可生存的空隙，它就要充分占据，充分利用，没有意外的神奇的机遇将它提拔。

它自立成才，自挺成干，自砺成树，切开它的横断面，虽然方圆不算粗大，却有无数个年轮，牵动着无数个日日夜夜的纹理。《我是陵园的塔松》《手之歌》，非常生动地表现了他的志向，同时也含蓄地写出它的综合的生存状态。

——贾漫《乌吉斯古冷及其诗》

尤其是他的小诗，无论是咏物言志的，还是歌唱爱情的，写得那么短小，那么自由。虽然描写的只是诗人瞬间的感受，但采撷的却是诗人感情潮峰的浪花。他的《送你》写得朴实真挚，颇有些回肠荡气的韵味：

"送你 无言／无言长出两个翅膀／一个是招手／一个是泪水／你消失后／无言是小鸟飞去／日夜盘旋在你的周围／只有影子留下来／空守巢窝／苦苦数着／一节节缩短的日子"。我想他这样的短诗，倘若谱成曲子，也会流行走俏一阵子。

——陈弘志《诗人乌吉斯古冷》

"……老阿爸手遮阳光远眺，抹着泪水喊道／玛奈乌兰牧骑／玛奈乌兰牧骑来了／不等歇歇脚，不等喝一口茶／蒙古包前早围一圈儿观众／开喉，这边的歌声飘向那边的百灵／起舞，那边的彩蝶被这边的姑娘引来……"蒙古族作家乌吉斯古冷以轻快而诗意的笔调，描述了乌兰牧骑演出时的动人情景。

……这些节目，"本就来自草原深处，又还给深处草原"。

"……习总书记一封回信／寒冬里千里草原掀起热浪

／乌兰牧骑，玛奈乌兰牧骑／中国的乌兰牧骑／歌儿，始终传递北京的温暖阳光／舞蹈，一直流动着草原的深情"。乌吉斯古冷的诗句，字里行间涌动着春的气息。

——《光明日报》记者　王国平、付小悦、饶翔

《文化之光照耀亿万百姓心田》

乌老师的诗具有传统的畅顺、美感，又充满现代的意蕴风采，读来心悦情爽，贴近现实，是真实的人之歌，让读者回味难忘。

——王忠范

乌老师是我见过的少有的认真写诗的人。

——蒋雨含

乌老师的诗感情真挚，唯真情能走进人心。

——博尔姬·塔娜

第一辑

走进诗行的，不仅仅是岁月

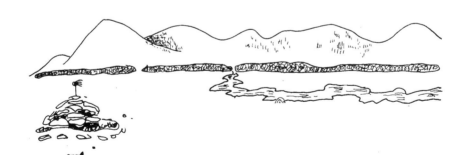

七十枚跳动的红宝石

——庆祝中华人民共和国成立七十周年

奔跑二〇一九。目光将驿站停靠十月的第一个早晨

草原怀抱马头琴，梯形共鸣箱放飞悠扬

从额尔古纳河

——一条横卧兴安岭左臂弯，折向右上方

浩浩荡荡以敬递的柔态书写马背传奇

勾勒优美曲线的额尔古纳河

到嘎顺淖尔

——阿拉善北端，被沙丘咬成一弯弦月

命途多舛。而今牵手东风航天城的嘎顺淖尔

两千四百公里狭长的弯形号角，朝着心的方向

吹响草原的集结

连绵的山峦是起伏的欢潮

诗歌又一次奔腾成呼伦贝尔万马

打开泛黄的昔日史页

勒勒车长长一串疲惫地颠簸，形似一条绳子

拴着贫困、饥饿、寒冷、疫病

车轮走不出沟壑

一代代人用血与汗浇灌

一座一百一十八万平方公里中国北部花园

七十回谢了春兰，开了秋菊

这方天地，离北斗七星最近

北风从这里始发，一程又一程漫过山山水水

飘荡成红海洋的旗面上挂满小康的笑纹

化作一碗回荡几代人深情的奶酒

树枝和树叶编织的绿色屏障大兴安岭林海

和连天涌动的草潮

每一棵大树每一株小草

根须都张开毛细血管伸向大心脏搏动

此刻两千五百万双热切的目光向着天安门上空

翘望鸽群拉开蔚蓝色天幕

深空里有中国星星

月球背面有中国脚印

世界一流重器载着十四亿人满满的自豪

一个世界最壮观的日出

升起东方

七十枚跳动的红宝石点亮一颗星球

中国的笑容，中国人最懂

走进诗行的

不仅仅是岁月

五千年的心，一步比一步炽热

中国正北方，聚焦世界的目光

一

其实，是根植血脉里的一种啸响

党——母亲

打开情感的词典

没有别的称呼比她更贴近

心所在的地方

母亲伸出涌动热流的手

爱的柔风

温暖一个饱经沧桑的民族

历史的一个拐点

红色摇篮问世

强光标识草原行进的路向

蒙古民族

经过漫长的探索

率先横空挺立

始航

母亲掌舵

孩子摇橹划桨

二

打开记忆的大门

那是一座不大的青瓦礼堂

立于黑夜与黎明接壤的零点

三百九十二名代表

以投票的方式

呐喊一个民族的向往

一朵从延安飞来的祥云

飘落成吉思汗庙塔顶

樟子松苍翠的林涛抑制不住激动

洮儿河热泪挂满腮上

所有的压迫、疫病、贫穷

被宣判死亡

所有的蒙古包

敞开通往春日的天窗

额济纳胡杨林

奏响十万支马头琴

额尔古纳河的波涛

汇作百万双手鼓掌

三

爱美的千里花草

换上第七十回春装

中南海的阳光作用

一百一十八万平方公里狭长

繁华成一条不凋的芳菲花廊

走进历史，阴山借着月光

读四百年前

读打下城基的阿拉坦汗夫人三娘子

读那盏昏暗的脂油灯

湮灭在岁月的烟雨

蓦然

一片霓虹的彩色海洋

我问赵武灵王

谁人命名的城市符号

云中城

果真远见

云计算热潮滚滚

一个电钮，百万只孔雀开屏

品味大数据的奇妙景象

九峰山的茂密树林

成吉思汗遇到的神鹿

扬蹄奔突，定格成一枚城市名片

只有身上梅花不改，代代绽放

千百年的丝绸之路

疲惫的驼队退出历史的商埠

马搭子和货架

换成集装箱排列口岸

矿石喂养长大的包钢

铮铮，发出国际领先的精密度音响

传统的奶汁，时新的包装

端上世界餐桌

舌尖品尝遥远的牧野风光

柔滑的羊绒服饰不再仅仅是温暖

更追求领潮的时尚

栽下羁绊，沙漠跑不动了

煤炭变脸，黑乌鸦换成金凤凰

农村一水儿新居，叩开小康大门

牧区饲草如山，雪灾之年一样安详

辉腾锡勒山梁

酷暑季节有天然空调纳凉

乌珠穆沁冰雪那达慕

让你火一把狂热的赛场

满洲里之北

一声马嘶，传及三国

悠扬的长调环绕中蒙俄山水回荡

四

绿色，一个最常见

最普通的小草的颜色

聚焦全球关注的目光

先辈传递给后人手中的接棒

草原最清楚

那是底色，那是家当

让天更蓝，让水更清

让绿色绽开祖国的笑颜

让大地的一呼一吸

都像唱歌一样舒畅

第二辑

太阳伞下的莫尔格勒河

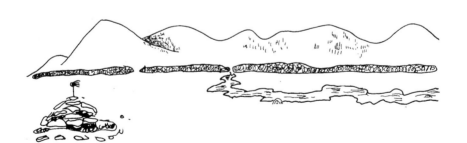

经　过

那时候，我把诗搭在青春的弓弦上当作一支羽箭

开弓没有回头路

那时候，我铺开纸就是铺开草原

风来云来。我操起一杆笔

用笔管呼吸

那时候，朋友常向我道喜：

一只贴着乌吉斯古冷标签的鸟儿在蓝天鸣啭

这一次，又错过了

我直奔电台敲开一间工作室

恳求他们让我聆听一遍

——一个女孩儿在录音机里抑扬顿挫

他们告诉了我她的名字

我记下的这个名字

成了今天无人不识的影后

一九七二，探望纳·赛音朝克图

走进一家医院的一间病房

纳·赛音朝克图和癌症一起坐在床上

我握住他的手

心里骤降零度以下

这是一只曾经奔走地火的手啊

这是一只曾经流淌柔美月光的手啊

那些曾经拨动心弦的诗句我可以随口脱出

此刻我们变作墙上钟

静静地低着头

我真想呐喊一声

墙角的蟑螂翻开白眼正瞪着我

赛音白诺

赛音白诺——

一句母语，老祖宗留下的共享通行卡

穿过漫漫岁月烟云，历久弥新

揣上它，可走遍草原万家

赛音白诺——

暖肠暖肚，温度恒定的奶茶

聚集在情感深处沉淀

顺便再干一碗酒就成安达

赛音白诺——

就这一句，法以外的大法

草场赛音白诺，雨水赛音白诺

祈福你的驼群，你的牛羊马

赛音白诺——

走进草原首当捧出这一句话

我馈赠你，你回馈我

传给子孙的非物质精华

蓝色的哈达

一种颜色

超越颜色上升成一个民族的尊崇

植入一条薄绢

化育成表达心仪的载体

没有图像的佛

多一份神秘的威严

我也捧着她

捧着虔诚与忠忱

大到对天，小到对一棵幼树的最高信奉

千古烟云过眼，不能更改

上天蓝色的因子

心灵里永驻

暴雨冲刷不褪的大海底色

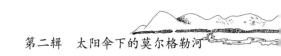

草原日出日落

到草原，是到了地球珍存的一方圣地

除了鹰和云朵，眼界了无阻隔

到草原，一天直面两轮红日

晨一轮在东

暮一轮在西

朝霞用古老歌谣升起炊烟

打开栅栏

羊群像槽头放水的龙头

晚霞用马头琴声点亮灯盏

关上圈门

倒嚼的奶牛道一声晚安

长空万里，两轮红日守护草原

晨是左膀

暮是右臂

是草原孵出两枚红日

还是两枚红日养大一片牧场

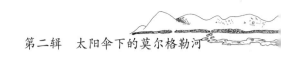

为草原祈雨

站在草原上

张开双臂向老天祈雨

以为老天能看见我

跑过来的风说：远看你像草叶上一只昆虫

飘过来的云说：高处看你像一粒鸟粪

我虽微小

一颗心放满草原

老天老得手都端不平一碗水了

南方雨涝成灾
草原旱得冒烟

老天啊，洒给草原一勺水吧
千里土壤就会湿漉漉的
打蔫儿的小草就会水灵灵的

月亮之上

迎来的那一声"哞——"的问候

滑过木桩上拉起的绳子上空

轻轻掀开草原的天窗

黎明坐在东山顶上

饮一碗奶茶

打开的包门关上

紫纱巾流动在晨风里

"叮咚叮咚"——草原上第一曲琴声

奶桶里落一轮月亮

月亮之上

盈盈一轮紫月亮

草原的草儿

根毛抓住沙土

有一点水就吮　没水就挺

平时嚼着吃万丈以外送来的阳光

五棵十棵　千棵万棵

草儿小手拉着小手向天边奔跑

一遍一遍总离不开摇篮

草儿

五畜的命

五畜

牧家的命

草儿一生不过才三个季节

而活了十万岁百万岁的草原

依旧原始模样

三条腿的托拉嘎 [1]

圆形的托拉嘎，上面安放一口锅

干牛粪用火的手掌击打拍子

水兴奋得手舞足蹈

蒙古包里的日子就围着托拉嘎红火

真的，有时候

三条腿的圆形比四只脚的方形稳当

突然想到圆形的太阳里有一只三足乌

先人编织的神话总是那样切合自然

---

[1] 火撑子，有圆形、方形两种，圆形三条腿，方形四条腿。

三足乌就凭三条腿

圆形的太阳才这样温和地滚动在天界

地球才这样平稳地运行

阿日嘎勒

老想唱一曲阿日嘎勒

老碍于阿日嘎勒上不了台面

阿日嘎勒身世卑微

阿日嘎勒是一句蒙古语

说白了就是干牛粪

而我总觉得干牛粪干净

我总想为干牛粪干杯

我问唐诗宋词元曲

有无阿日嘎勒立锥之地

唐宋元一头雾水

阿日嘎勒是火的蓓蕾

阿日嘎勒盛开通明的四季攻瑰

春冬风寒

阿爸从牛圈里铲出

夏秋日晒

额吉从野外背回

一块块积攒堆码成山

天天熬茶，没有阿日嘎勒不行

有阿日嘎勒的蒙古包里春光明媚

阿日嘎勒最终

一半蝶化成青烟融入天空

一半烧成灰烬回归草原滋养花卉

草原风

草原天地多大，你就多大

看不见影子，抓不住尾巴

轻轻登上山顶，轻轻滑下

轻轻用足尖在湖面点开水花

挤进森林，在夹缝中戏耍

摇响叶子，摇摆枝桠

上高天，推着云车缓缓而滑

掠过地面，和小草说不完情话

七十枚跳动的红宝石

视阴霾为眼中之沙

一旦出现，奋起追击到天涯

呼　麦

一个声带

四样声音

屏息支耳细听

有长风打远方轻吟家乡歌谣

亿万棵小草摆开阵势拨弄琴弦

有群鸟半空啁啾啁啾争鸣

泉溪潺潺蹦着跳着伴舞

也有羔羊咩咩

老牛哞哞

马儿咳儿咳儿

也有俯冲时鹰翼发出的金属碰撞

吐放时花蕾发出的细微爆裂

还有月光洒下来的流水

奶酒咝咝发酵的响动

有草原才有呼麦

呼麦是草原的千古灵音

长调长长

乘在白云的背上

握着风的缰绳

长调长长

天空说：长过我的袍子两拃

绕一个坡，拐三道弯

碰一块石头，溅八片浪花

长调长长

河水说：长过我的足迹三里

林子这边的鸟声

追着山脉那边的草潮

长调长长

原野说：长过我的影了　丈

位于胸与腹之间

一个人的怀，才有多大

融入了生于斯长于斯的草原

一个人的情，拿什么丈量

骑马舞

——北京舞蹈界一位资深专家说：骑马的舞蹈动作全
国各地都有，可总是比不过内蒙古的

望不到边的茫茫草海

搭成一个巴掌大小小舞台

台上的"马儿"跑得飞快

一个个"骑手"旋转得更帅

世界上骑马舞很多，久盛不衰

哪里也比不过蒙古人的潇洒自在

迅如一阵风，柔如湖面天鹅，轻似云彩

漂洋过海，登上世界舞台

安代：天下第一舞

那是很久很久以前的年代，人间没有舞蹈

阿爸赶着牛车为女儿求医

半路遇到风雨横阻

车轮被泥咬住，车轴被咬断

阿爸望着女儿心急

顶风雨围绕车转，甩臂跺脚呼唤上苍

乡亲们闻讯纷纷赶来

跟随老人踏歌顿足，声势惊动天界

老天为父女感动。云开了太阳笑了姑娘病好了

那辆牛车成了天下第一舞的摇篮

人们给这个舞蹈起了一个暖心的名字：

安代。一代又一代人相传

《牧歌》遐想

不知道有没有比这歌词还短的歌词

四行。四行里装了八千里草原，一万里蓝天

和东一勺西一勺撒出的奶子一样的羊群

不知道有没有比这支歌儿的生命更长的的歌儿

一百岁不老，二百岁犹然

蓝蓝的天空依旧，还是那样均匀地晕染，幽虚澄清

飘着的白云，一刻不停地变换着阵容

好像斑斑白银的羊群生生不息

这支歌儿，还是这支歌儿

词者曲者，没留名字

一颗心还活着，跳动在歌里

那时候拿着鞭杆儿在草原上向羊群唱

如今站在中央大舞台上向世界唱

唱《诺恩吉雅》

诺恩吉雅

一个出嫁远方的女孩儿名字

成了一支歌的名字

那时候科尔沁有十个旗

十个旗里有多少蒙古人就有多少人会唱

《诺恩吉雅》

一句"脱缰的马儿"，柔柔地撕心裂肺

一句"斑斓的雏凤"，让人仰头望断天涯

雁阵传递乡愁

家乡的风也沾染上凄美的忧伤

听着听着，我也情不自禁跟随唱起

突然歌声断了

我的泪水堵住喉咙

观蒙古族服饰表演

悠扬的长调缓缓启开大幕

灯光滚动观众的眼球

台两侧次第步出一棵棵花树

"穿天杨"挺拔，金光如日

"迎风柳"柔美，银辉似月

双掌上下交叉出宫廷古雅

步态走出时代新潮

每一个举手投足

每一个瞬间的停留

都让人想起高贵的孔雀

欣然欢屏，蓦然回首

帽饰庄重

　　天上　朵朵闪光的彩云

衣摆华丽

　　——地上拖着长长一条晶莹的河水

蒙古族服饰

天地人合一

鄂尔多斯舞

抄起一把筷子握在手里

敲打敲打

就是走上国家大舞台的"筷子舞"

端起一摞碗放在头顶

旋转旋转

就是摘取国际金奖的"顶碗舞"

拿起一沓酒盅夹在指间

叩击叩击

就是不饮也醉的"盅子舞"

鄂尔多斯舞是植根于鄂尔多斯土壤里的

一棵棵树

一棵棵树上的一条条枝

一条条枝上的一片片叶子

上接阳光

下接地气

二人台

只要霸王鞭能抡圆，折扇能开花

巴掌大地方就够了

村里，也行

中央大舞台，也能

偶尔说一句蒙古语

换来一片亲情

本来就"你中有我，我中有你"

喊一声小妹妹

男的嗓门比女的还亮

本来就"拉弓靠膀子，唱戏靠嗓子"

从光绪初年随西风刮到西口

妹妹跌下两颗泪蛋蛋，二百年后

长成一棵大树

马头琴

依然是传说里那匹白驹

高居于支撑琴弦的琴杆之顶

低回婉转，嘶鸣八百年

你是生命的一个

一腔骨血循环周身

发于梯形共鸣箱的心声

气畅，力足

蒙古包关不住，草原容不下

一路进军维也纳金色大厅

世界认识了一个民族

蒙古马

风是无形的，然而
飘扬的长鬃给出另一种回答
——我是风的身影

嗒嗒嗒，一支震撼人心的歌
大地说：那是暴雨的节奏
天空说：那是雷霆的激情

战场上，穿梭于弹雨的夹缝
赛场上，引发万人欢腾
一往无前

是它的别名

任悬崖摆出险恶嘴脸

任沟壑张开大口

一声长嘶是最美的音节

无畏

攀登

路远，守住一个基调

——奔腾不息

只因为天边有一个

绿色的梦

搏克手

扳倒一峰骆驼容易

绊倒一个搏克手难

摇一摇大树，大树晃一晃

晃一晃搏克手，纹丝不动

沙尘骤起

八百年蒙古功夫

搅得天昏地暗

一个喘息的空隙

大脑紧急翻腾

一个轰然倒下

大地闪了腰

另一个腾跃

阳光哗啦啦响成一片

观奶牛选美

无需泳装

着一身终生脱不掉的黑白荷兰礼服

走进不是 T 台的平台

无需台步

顺着一条牵绳

四蹄交叉出一个夺冠的模样

无需才艺

肥一点、壮一点，打眼

乳房饱胀一点，吸睛

突然，翘起尾巴

主人慌得手足无措

一只灵巧的红嘴小鸟不失时机飞落牛腚上

左顾右盼

涮羊肉

咕嘟咕嘟

水翻滚成沙场

满峡厮杀

袅袅气体反成柔美女人漫不经心升腾的暗香

红白相间的薄片

转眼都复活了

像鱼儿欢蹦乱跳

有的时候，佳肴不一定出自厨师手里

也不在案板上

比如这个故事就发生在行军途中

那天战事万急

炖骨头太慢，煮大块肉耗时

于是用战刀像削土豆皮那样削成薄片

煮在钢盔里

就这样，从时间的狭缝里

涮羊肉诞生

乌珠穆沁绵羊

乌珠穆沁羊肉名声之大如雷贯耳

东来顺、阿拉伯……

食者唇齿留香无不竖起大拇指

关键是那羊

吃的乌珠穆沁草

饮的乌珠穆沁水

那草是老天配制的八十一味

那水是打远处流淌来的地下琼浆玉液

乌珠穆沁，草原辽阔，日照时间长

那些羊个个成了竞走能将、长跑高手

练一身好肉

那羊们冬装厚实

春暖药浴

夏季剪毛，只留下比基尼

有一个秘诀，秘而不宣

在乌珠穆沁牧羊女的笑纹里

别瞎猜了，告诉你吧

羊听歌，长精神

长调最走心

蒙古包

仿着苍穹的模样

做一座穹庐

穹庐是一本秘籍

里面写着

抗压的奥秘

保温的功能和凉爽的诀窍

没有一块基石没有一道砖墙，固若金汤

卧听狂风大雪不损一根毫毛

面积本不算太大而为什么

宽敞又明亮

坐落在地面上的小小宫殿

穹庐里写满一个个细节

笔握在牧人手里

毡房的炊烟

额吉用汗水

砌成的蓝色支柱

扶摇直上

白羊羔，黑牛犊

额吉从黑夜吆喝到白天

黑砖茶，白奶酪

白天黑天，额吉弯着腰

弯成一张弓

"白灾"吞噬草原

"黑灾"撕碎天地

草原上的日子不都是悠扬牧歌

额吉的蓝色支柱直了又倒，倒了又直

领跑草原上的日子

劝奶歌

面对抛弃亲生幼仔的母畜，牧家女人
拉开了嗓门。柔和地呼唤
母性的温情

歌声缭绕在被遗忘的山谷迷雾中
歌声闪烁记忆的光亮淌过蜿蜒迤逦的溪流
歌声打开一扇封闭的沉重大门
冰，开始心软

"却依克、却依克……"
没人知道"却依克"什么意思

歌词在这里显得多余

人与动物磨合出

没有语言的共同语言

每一颗跳动的音符都是牧家女人

滴洒的甘露

沉睡的花瓣慢慢睁开眼睛

滚出一颗泪水

鼻烟和鼻烟壶

有时候，羊粪蛋大的东西

没有翅膀就会风一样飞行于天南地北

地球真的就是一个村子

鼻烟的鼻祖老家在马可·波罗的故乡

那些粉末，和晒烟叶者一起被晒进史书里

装鼻烟的鼻烟壶的鼻祖在我国

官窑里那些粗手掌细巧

随着一阵涅槃的声音，泥土孵出艺术

据说用指尖从壶里粘上一点点

送到鼻孔轻轻吸入

眼睛就星星了

脑袋就神仙了

互换鼻烟壶，流行于草原蒙古同胞

两枚袖珍外交使节

掌心一个倒换

文玩成了一句互访的友好词令

地球村啊

不相关的人，组成链条

正骨师

草原上，往哪边走都是草原

凭两条腿丈量，脚板子第一个举手否决

骑马代步，那四条腿省去这两条腿

没有路的草原到处是路

鼠洞常咬住马蹄，黑夜尤甚

马失前蹄，人从马上跌下

二百零四根骨架

伤着哪一根都痛得要命

有得病的就有治病的

有折骨的就有正骨的

草原上的正骨师不用麻醉药，喷一口酒

得法儿。诀窍儿、门道儿全在手上

嘎巴一声，错位的归队，断骨的合拢

接骨师接上你的前程

月亮的心事

空中。十五的月亮踏着那一支老歌的节拍

沿天界的线路缓缓浮上不改的高度

夜的草原披一身雪白薄纱

一个十五和另一个十五之间

对于爱情，三十天是行驶在慢车道上的煎熬

必须把握今夜

前一夜，尽管仅是不易觉察的一寸欠缺

落到心头总是拧紧的疙瘩

而明天的一夜将被偷走哪怕是半寸的瘦削

入情怀还是沉沉的失落

在乎的唯有今夜，今夜的此刻

旁边没有云彩

形单影只对于天下有情人是旱天焦渴的花儿

等待。只要真心在

云彩一定会掉在你的面前

坐在奶茶馆里

喝了大半辈奶茶

街上逛累了

还是走进一家奶茶馆

独自一人要一小壶

倒在碗里看

和自家熬的一个颜色，一个味儿

碗里有进出的人

想找一位

聊聊

刚端起喝一口，碗里奶茶浪涛拍岸

所有的人倏忽散尽

玛奈乌兰牧骑

玛奈乌兰牧骑

那年代，三驾马车，一面红旗

灯、乐器、留声机组成全部家当

十几张笑脸击退千里飞沙

一转就是百十里地

老阿爸手遮阳光远眺，抹着泪水喊道

玛奈乌兰牧骑来了

不等歇歇脚，不等喝一口茶

蒙古包前早围一圈儿欢声笑语

开喉，这边的歌声飘向那边的百灵

起舞，那边的彩蝶被这边的姑娘引来

其实，那节目本就来自草原深处

又还给深处草原

六十年，大幕还是那片蓝天

舞台还是那片草原

队员换了三代人

心还是那团滚烫的火

当年，毛主席周总理接见合影

如今，习总书记一封回信

寒冬里千里草原掀起热浪

乌兰牧骑，玛奈乌兰牧骑

中国的乌兰牧骑

歌儿，始终传递北京的温暖阳光

舞蹈，一直流动着草原的深情

三千孤儿和他们的母亲

这个故事宛如一串勒勒车渐行渐远

留下小脚丫踩出的印痕

就在眼前

这个故事里有数以千计的人物

都有一样的缘分

开始时都是陌生的母亲和陌生的孩子

还有陌生的语言

牧民心里只装一句话："国家的孩子"

草原一夜间就多出一个季节

这个第五季是母亲的怀抱

恒温三十七摄氏度

毡包外寒风如刀

干牛粪兜来江南暖日

幼苗一棵棵长成大树

树叶向上吸收阳光

树根低头思念泥土

岩　画

使用的是什么样的比花岗岩还坚硬的利器

攀登后是站在什么样的高空脚手架上

在十几米高的悬崖峭壁

刻下一幅幅精美

露天展览

祖先啊

向天下讲述：

我们曾经是这里的居民

路经艺校大门

又行至于此，目光不由地右拐

（右拐弯不受红绿灯约束）

几步宽的大门犹如瓶颈

里面装着几十年前的歌声、舞姿和琴音

我的脑子脱离我的身子撒腿跑去

与我的少年相会

大院里住过我的六十年前

住过那些带有艺术氛围的往事

我想让身子也跑进去亲近

门卫就是一扇铁的大门

门内是我的少年，门外是我的老年

老年年年年老

少年年年年少

内蒙古的浩特（五首）

——内蒙古草原上三五座毡包组合的浩特不计其数，
而标作浩特的城市仅有五座

呼和浩特

想来，最初应该也是零星几座毡帐

子孙繁衍，移民迁入

三娘子奠基的一块石头

长成今日首府

还在变

不变的是崇尚一个青色

山，称作"青山"

冢，称作"青冢"

城，称作"青城"

乌兰浩特

风从成吉思汗庙塔尖

徐徐吹来

荡起一条飘带

——滚滚洮儿河

"五一"大会会场并不高大

里面却永久汇集着三百九十二名代表

那个乡音浓重的土默特人

一粒延安火种

点燃了中国第一盏

少数民族自治政府的明灯

于是

樟子松年年苍翠

洮儿河岁岁欢歌

锡林浩特

内曰城，外曰郭

草原城郭，城市在内，草原在外

城内的空气里弥漫着野外花草的馨香

牧人的长调飘进城里

城市的窗口都是画框

流动牧野风景

在锡林浩特饮一碗奶茶

能品味一辈子

二连浩特

列车舒缓地抵达终点

掉过头，又是起点

二连是蒙古语，译成汉语叫：斑斓

果真流来又流去斑斓的云

果真吹来又吹去斑斓的风

果真，小城里游人如织了

织出的斑斓真切起来

果真，小城里商品如云了

云集的斑斓扎实起来

二连，不再宁静

你古老的恐龙化石之乡

果真孵化成一条龙

在中国北门口

舞动起来

巴彦浩特

新月形沙丘链横卧天下
云集了地球上最大的家畜
时间输给胡杨林坚挺的生命长度

在这座萧索的城市一旁
耸立一座更高的城市
伸手够到星星
让骆驼嗅到地球以外的气息

绕星星归来的那位女英雄说：
回到地球后着陆的第一站是草原
驰马的牧民们第一个喊我的名字
回家的感觉真好

金色的兴安岭

小时候，望着窗外大雪我们用歌谣取暖

叫醒《达亚波尔》，登上金色兴安岭……

后来，课本打开我们的眼界

读懂大兴安岭是地球留给家园的原始绿色宝库

如今，时代给它一个新名

天然加湿器

亿万条枝杈举着蓝天

亿万条根须柔韧地深深潜入地脉

气候温和成一只羔羊

七十枚跳动的红宝石

流水驯服成一匹套着笼头的马儿

兴安岭用博大的"体循环"滋养我们

我们守护兴安岭的每一颗细胞

"一湖两海"（三首）

呼伦湖的旗语及手语

居北方榜首

列全国前四

我指的是你浩瀚的淡水占据脚下大地的面积

你把蓝天都装进自己的镜子里

把自己挂在天上

自古，你就有许多大号

大泽、俱伦泊、栲栳泺、阔连海子……

而家乡人用母语称你达赉淖尔

——湖的海洋

自古，你的水位落差惊人

漫溢时，比大禹二尺

干枯时，低于地面两丈

呼伦湖啊，千里之外的北京城牵念着你

总希望你蓝天一样露出温和

看上去，总好像鸟群不停地用翅膀打出旗语

——水位平稳

看上去，总好像鱼群欢快地用摆尾比画手语

——水质纯净

乌梁素海岸上的鸟蛋

乌梁素海岸上草丛里藏有鸟蛋

你遇见时，可以惊喜

不可以动

鸟蛋在薄薄的襁褓里熟睡

打个四七二十八天静静的呼噜之后

会醒过来，啄破一个人的世界

化成美丽的大鸟

融入乌梁素海画面

传说里岱海脾气暴躁

岱海有乳名叫岱嘎淖尔

意为二岁马儿

传说里这匹神驹脾气暴躁

常常来到湖边饮罢仰天一声长嘶

卷一阵狂飙而去。古人云：

"风涛大作，浪高丈余，若林立，若云重"

生态变了，神驹的性子也跟着变了

——沐浴的温泉，清波微澜

荡漾的游船，风和日暖

来吧，朋友，到草原来

边陲的天哟　悠悠远远反倒很亲近

塞上的风哟　凉凉爽爽反倒很热情

高原的河哟　曲曲弯弯反倒很率直

北国的山哟　老实得一声不吭反倒歌儿满胸

来吧　朋友　到草原来

草原的心实诚

希拉穆仁喇嘛召外

古式勒勒车静静等你

等你坐进史书的字里行间

缓缓而行

格根塔拉有王爷府第

去当一天王爷

一边手机自拍　一边享受夏营盘幽美

让古代与现代互动

辉腾锡勒的天然岩洞

从卡通画面飞来

黑山怪石讲述地球故事

鹿场小鹿扬蹄奔突于动漫时空

呼和诺尔风光旖旎

林中狩猎　回归远古

荡舟湖心垂钓

恍若仙境

来吧　朋友　到草原来

草原清新洗濯心灵

那山哟　裸露岩画的长廊

那沙哟　你滑上面它唱歌

那水是妙手神医

天然的非处方良剂

到庄严的城陵去

一睹成吉思汗的昔日神韵

到巍峨的青冢去

追忆汉明妃王嫱的脚踪

来吧　朋友　到草原来

面对面　历史展出久存的原件

那出征的雄风

那摇曳的月影

骑一骑马吧

饮一碗奶酒

听听呼麦

莫错过那达慕盛会八大赛事

观赏上千年蒙古娱乐

智与力的抗争

当夜幕降临

篝火燃烧激情

草原的夜沉醉于马头琴声中

草地连着山丘枕着天籁般的长调

来吧　朋友　到草原来

草原走进你的记忆

一生走不出去

民族团结宝鼎

这宝鼎绽放不凋的青铜花朵

装着百万个春日的总合

让草原四季沐浴温煦

暖流回旋在二千五百万心窝

这宝鼎浓缩了十万大山的重量

包容了十四亿双手在一起紧握

侧耳倾听有一支歌儿传来

五十六朵花满园春色

这宝鼎连通祖国的大动脉

源源不断地奔流向长江黄河

这宝鼎羽化出蒙古百灵

翱翔在草原上永世不落

成吉思汗额前一绺短发

成吉思汗额前一绺短发

是长出来的智慧草

风吹飘飘

入夜后它是一帘幕布

护掩对万里风云的思索

安然恬静

在沙场上疾驰时

它是旌旗的穗子迎风助阵

引发大潮的呐喊

成吉思汗长眠之后

那一绺短发是玉巾

覆盖着曾经覆盖世界的大脑

孝庄文皇后

一双嫩弱的女人手臂

一生做了两件事

先后把两个皇帝抱上御座

一个顺治，一十八年

一个康熙，六十一年

不动一个指头，就能平息

倾动皇权暗中争夺的惊涛骇浪

一个指点，就有一块压舱石

稳住帝国根基的后宫

出一点银子犒赏士兵

出一点血赈济灾民

花环戴在七十五年生命全程

留下两个闭口不言的谜团

藏在清史箱子底下

待后人揭开

僧格林沁八里桥战役

英法联军把洋枪洋炮搬到京城门口八里桥

扯开嘶哑的嗓门叽里呱啦吼叫

清廷打出最后一张牌——

曾经震惊西方的僧格林沁兵马

然而，马的四蹄追不上子弹的一个哧溜

长矛没有大炮那样的胃口

落后与先进较量时

不过是小鸟面对老鹰

侵略者与被侵略者对话时

狼总占小羊上风

僧王的士兵一个个眼里喷射仇恨的火焰

挺立八里桥上

终以三万人生命画一个惨烈句号

而不倒的那面旗帜呐喊一个燃烧的声音

撼动历史：

洋鬼子尽可把我消灭掉

可就是打不败我

嘎达梅林走进交响诗里

——聆听音乐家辛沪光女士钢琴演奏《嘎达梅林交响诗》

一位南方汉族女子

柔韧的指尖再现北方遥远的画面

轻抚蒙古大地受伤的心灵

古老的科尔沁民歌

插上西洋乐曲的翅膀飞翔

嘎达梅林从历史的血泊中重站起来

汉族女子和交响诗一同加入

枪林弹雨中的马队

雄浑刚烈的旋律穿云裂石

嘎达梅林走进中国经典

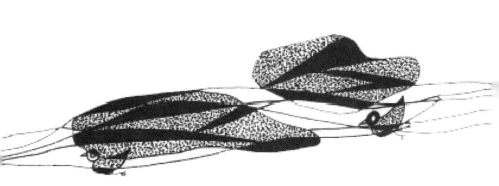

独贵龙

独贵龙，译成汉语叫环形

给敌方造成一个蒙圈

想出这个主意的人

一定是受到了一滴水的启发

一圈儿人名，找不出排头的

一圈儿人名，都是排头的

独贵龙，独贵龙

每一个竖写的名字都是一条龙

为生存揭竿而起

抱成一圈儿

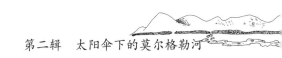

京剧老生言菊朋

很难说清

你前辈走的那些路线带来的是祸是福

从北方草原来一个大拐弯

进入北平

那年北平菜市场上惊心一幕

又是一个大拐弯

踏着被冤枉的前辈人的血和自己的泪

改换路子，登上戏台

你一唱，竟唱出一个"言派"

尽管脸型依然保存着蒙古人的特征

一招一式都是纯正京戏

腔调里一滴不漏流出原汁原味

你推开的是一扇冷僻的门

儿女们红红绿绿一股脑儿七色纷呈走出

谁人不识二女儿言慧珠

无人不惊呼一代名伶的美艳

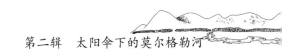

太阳伞下的莫尔格勒河

把自己流淌成"一声能歌两曲"的呼麦

穿连草原湖泊还有天空成一幅画

千百度回眸

随开随谢的浪花用肢体语言导航：

往复　往复

折返　折返

眷恋的足迹写成立体的蒙古文字

主干基准线

——大地

太阳撑开一把巨大的金色保护伞

每一道河湾里有一轮太阳

守望蓝天白云

守望牛羊的云　马的大潮　骆驼的山脉

守望花草和环绕花草的蜂蝶

守望鸟儿的歌声

内蒙古博物院

抬脚迈入大厅

一步走回地球的幼年

恐龙竟然会蒙汉双语，向我问候

一副绅士风度

始祖鸟、猛犸象

八千万年前绝迹的生命

八千万年后重现的身影

姿态翩然

都空手入住这座高大的豪华宅内

和睦相处

每迈入一间陈列室内

脚下风尘滚滚，滚滚几十个世纪

演绎人类进化

也储存着草原的轨迹

这巨型的现代化仓房

国宝浓缩的史书

青城公园

卧龙岗、老龙潭呢？只见岗上凉亭，潭上船影
　　——盈盈浅水讲述演变，百年的老公园

道边绿荫给行人搭一顺儿遮阳的伞廊
　　——半掩娇容，打着阳伞的公园

荷叶笑望烈日，七池湖水里倒映七片云天
　　——盘坐在莲台净土上的公园

"英雄是一个民族的精神脊梁"
　　——环绕纪念碑致敬忠魂的公园

七十枚跳动的红宝石

人来人往，一个时代笑出一个时代的面貌

——记录岁月变迁的公园

成吉思汗大街

给这条街起名的人

自己没有留下名字

有了名字的这条街立马形成放大的立体

过往的人听着名字听出了风雷

沿这条街走，就拐进了久逝的记忆向远方展开

街口上一位世人熟悉的古代领袖

也许他从沙场上刚刚归来

山呼海啸般呐喊声不绝于耳

这条大街的一端

八百多年前万马铁蹄夯实路基

一度远远绕过地球另一板块

影子印在史册里某一章节

这条大街打开了好长好长的画卷

这条大街的一头

博物院以新潮的艺术建筑和青山搭档

给草原盖一所巨型仓房

歌剧院的现代化大厦和防风林组合

引来无数片绿叶鼓掌

昔日，马蹄的潮水一路冲洗欧亚诸国城门

今天，悠扬的马头琴声

沿着丝路奏响友情

我看见可汗手里的缰绳突然勒紧

他一定想到什么

是的，故土在一个人心灵中的位置

那一片草原

那一片草原是额吉临去的时候

心恋不舍，一代代留传的一件旧袍子

一年年遮挡大于天空的风风雪雪

我常用诗歌的衣摆兜翻

低头闻那丝丝体温和淡淡的干奶子味

那一片草原是阿爸临走的时候

久久凝望在眸子里的一张羊皮褥子

春来一新，铺开牛羊和马群的无边筵席

轻轻地理顺有些磨损的皮板

汗的气息是打赢艰苦日子的勋绩

历八千年沿袭依旧相传的旧袍子

经一万年磨损依旧光鲜的羊皮褥子

一灶温火抵御过数不清的寒风和冰雪

额吉曾说："旧袍子脆弱，要呵护"

阿爸告诫："羊皮褥子已经老化，要修补"

我深谙他们的话，我像他们那样奔波

杜绝出现划破后就不再愈合的伤口

警惕能吃掉天边一角的小小烟蒂

监察足可以让一群羊倒下的一沟污水

想起那些话，都是耳边的晨钟暮鼓

那一片草原啊，我是你的一只

草窝里落生的园丁鸟

暴风雪锻打后，一双勇毅的翅膀

翱翔在倾斜的空中摇篮

声声鸣啭传递滚烫的深情

翻篇吧，莫再刨我祖坟了

美国人来了，打开一张地图指指点点

日本人来了，扛着一套先进的探测仪器

踩陷漫漫沙丘链上每一道"人"字

掀翻古城遗址每一块土层

成吉思汗墓在哪里

成吉思汗长眠何处

石头下面出现蛇群

一条条张开大口，伸出分歧的细长舌尖

草野上长风传递着大地发出的声音

翻篇吧，莫再刨我祖坟了

莫再惊扰老人家了

第三辑

一道墙，让全世界抬起眼睛

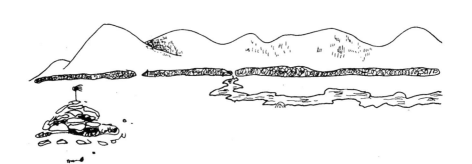

元旦遐思

一个个日子以弧形走势

环绕太阳飞逝

伴着一万朵雪花十万里天籁

元旦瞬间又匆匆而至

于四方空间脚步不止

也随我笔端流向稿纸

哗啦啦解缆起锚

元旦是远航的开始

静悄悄提笔构思

元旦是卷首的献词

元旦是编织又一幅锦绣的

起头的第一针彩丝

年年岁岁时序相似

岁岁年年天地万姿

每一个元旦都有全新憧憬

此刻又展开扶摇直上的双翅

元旦最先触摸东方天宇

而辉煌的不止是太阳

还有太阳下面的庄严旗帜

元旦最先亲吻九州方圆

而壮阔的不止是大地

还有大地上面的秀美景致

元旦其实是起翅的排头雁

引领身后的三百六十四只

地球本是一个巨大的村子
村民只求蓝天下炊烟笔直

但愿战火从村里消失
把整个村子写成一个爱字

冰　雕

水有柔顺的性情，哪里地势低

就顺着哪里变换形体

水又偏偏不屈于寒冬

一改软弱，挽起手臂结成

透明的石头

你越冷，我越硬实

成为水以外另一种美的

晶莹画面

马拉雪橇

小时候　和大人一起

乘坐马拉雪橇

我四岁

马也四岁

马儿奔跑　产生巨大冲击力

撞倒路边雪花一片片砌成的高墙

远看雪原像一片海

马儿在雪海里　显得那么小

让人想起海里的海马

近瞧雪路如一条河

马儿在雪河上　显得那么大

让人想起河里的河马

雪橇从雪河滑向雪海

滑向我白色记忆的深处

春　节

是三百六十五里路上张灯结彩的最大驿站

是天下节日中资历最深的先师

是一部农业大国最接地气的传世巨著

——春节

是世界上华人欢庆最多的东方民俗

是人类亲情色彩最浓的家庭暖炉

是让饺子和新衣裳最先亮相的全新日子

是除夕守岁通宵不眠的最长一夜

是全民拜年彰显礼仪之邦的最悠久文明

是前后持续天数最长的佳节

——春节

燃放最亮的一串爆竹老天乐得开怀

畅饮最美的一杯琼浆大地醉得摇晃

万家楹联载着幸福的心愿从这一天起步

——春节

雨叩春的门环

苦盼一个严冬

终于悄不声儿地降临

送来凉丝丝的问候

依旧是絮絮叨叨　絮絮叨叨

那没有标点的亘古语言

翻出新意

唯有大自然深悟

雨叩春的门环

天空拥抱

大地以感恩的方式迎接

小巷也不留白

绽放花伞一把　两把

瞬间　街上一片斑斓

弹奏吧

透明的纤指

拨弄土层焦渴的

一根根僵硬的琴键

心在春天里穿行

嘎嘎了

雁来了

恋乡的歌儿老了

却惊人的执着

烫了我的心了

沙沙了

雨落了

投入大地的怀里了

心缠绵情悠长

动了我的心了

柔柔地破了土了

春落在小草的尖尖上了

嫩嫩地爆了芽了

春融入胚胎的歌声里了

渴望了

向往了

我的心在春天里融化了

风给我一个绿色的吻

我的泪水扑簌簌了

塞北三月

塞北的三月慌乱之中接手短两天的二月

冷空气像一条尾巴夹在走进暖流的门缝摆脱不掉

然而，大地上经受一冬风雪的枯草

说什么也熬到头了

塞北到了三月，感觉起步后时间上出现压力

整个天地勤奋起来了

南来的鸟儿也加快了拍打翅膀的节奏

塞北的三月，风不辱使命

一夜间悄悄叫醒所有摇曳在枝头上的鹅黄

一个早晨轻轻唤醒嫩绿露出地面

塞北三月的阳光

吱喽喽一声推开了春天的大门

四月的声音

风儿擦过耳鬓的时候多了些亲昵的声音

阳光开始有火球爆裂的声音

每一棵树上上下下有抽芽的声音

这一片那一片每一株小草发出拱破土层的声音

暖暖的气体有向上蒸发的声音

白云有向远方滑翔的声音

小麻雀有群体组合重唱的声音

高空上风筝有线绳弹拨琴弦的声音

这所有汇作一个四月的声音

是大自然过冬后伸胳膊蹬腿骨节嘎巴响的声音

赏　月

阳台赏月

月挂楼上

秋风萧萧瑟瑟

吹开直通远天的窗口

牵动柔肠

那月掉进碗里

泡了月的茶汤

也苦也香

仰头久久

夜空星云模模糊糊

浮动一片昏黄

那月掉进盅子里

融了月的酒浆也凉也热

噙满眼眶

归　雁

不需要日历

大雁心里揣着时令

不需要出行参考

雁阵正在归途路上

不需要地图

头雁引领着直往老地方

不需要打捞水样了

鹿群在湖边畅饮

大姐的舞蹈之梦不灭

优美而柔韧的肢体最后停止了舞姿

走过的所有舞台装入一个小小的盒子

大姐靠一座山坡休息

山坡上排列无数牌位

我站在属于大姐的领地前不想离开

大姐的梦在这里复活

在这温暖的日光里

山风轻轻，树叶发出经久的掌声

感谢一把椅子

从大北方起步，在最南方落脚

三千八百里外的一个花园

一把椅子抱住我坐下

南方的太阳用异样眼光看一个北方人

椅子只让我匆忙丢个盹儿

没有开启梦的大门

夹在书本里的花瓣

淡忘了，那采撷时的情景

也不知你当初有没有流过泪

淡忘了，是怎样把你夹在书本里的

没体悟你当时的心情

几十度似水韶华流逝。翻开书本

总能见到你熟悉的模样

你那没有水分的容颜

你那不改的心性

和你一起的花瓣，那时就烂成泥了

经过这数不清的风风雨雨

你存活下来值得庆幸

尽管嫁给了书本被压得扁扁

只读两页断章，从不闻窗外之事

你活得这么久不易。虽然早已香消玉殒

依然保持着原有的形神

我自己的歌

一场空蒙细雨拨弄琴弦之韵

涤除往日的尘埃浣净长空

秋阳刚刚出浴

展览馆伸出手来拉近和我的距离

几只喜鹊的喳喳声时断时续

标置自己落脚无人能及的高楼顶端

前后麻雀朝我扭头骨碌碌睨视

不同于往昔那个年代，毫不畏惧人了

我喜爱秋天。许是我出生在

富于凄楚之美的季节

我喜爱靠近展览馆

展览馆译作蒙古文是我的名字

附近路标按蒙古语顺序，我的名排在首位

展览馆东路、西路、南巷、北街……

我用名字在这里称霸一方

我窃喜：即使我不在人世了，名字依然鲜活

石　头

闲置的时候

是一堵障碍

光秃秃不长一棵草

一旦砌入地基

就是支撑大厦的鼎力

投入火炉之后

可修炼成钢铁

在雕刻家手里

七十枚跳动的红宝石

能凿成

英雄形象

罗布泊

水是美的。"多水之湖"就美上加美了

罗布泊，罗布泊

一听就让人心动的蒙古名字

风吹芦苇低吟

水鸟成群鸣声清脆

这么快，在老天的眼皮底下

干枯最后一滴泪水

成一片死海

天上没了鸟儿，地上没了生物

只有白骨、相机、干瘪的水壶、丢弃的汽车

只有死神四处游荡

拒绝生命

你是沙子堆积起来的一口棺材

勇士来了，走不进去

英雄进去，返不回来

你绝情，人痴情

一回回总想探索你的中心地带

去发现大自然的奇妙景观

去拓展人类的认识空间

趵突泉断想

趵突泉从《春秋》的线装书里流出

洗亮了齐鲁百万个日日夜夜

莫非是水府里有神奇水车旋动

叶片循环太阳月亮自转

那年，乾隆皇帝来到泉前伫立

文思趵突，流出毫端

给历史留一串汩汩响的大字

"天下第一泉"

我挽着趵突泉合影

好想引泉水回乡
给死亡之海浇灌出几片绿洲

总疑惑园中那位婉约派词人
是从泉里出水的冰肌玉骨
不然笔下何以那般清丽

趵突泉没有大海那样律动
却是一颗起伏不息的心脏
趵突泉没有长河那样经历
却是一面阅尽沧桑的明眸

进茶社饮一壶泉水泡的香茗
诗一样的味觉长留心里

一道墙，让全世界抬起眼睛

乌飞兔走在闲置的弧路

把岁月装订成厚重的数个世纪

长城，你是五千年中华的生命精髓

满目沧桑，一道标识

长城，你穿越历史的长河

砖面上重叠来重叠去

古人足迹几多

今人脚印几多

纵使万千雉堞都化作云数据

能算得出吗

登至你上面

不分黑眼珠蓝眼珠褐眼珠

元首与布衣

谈笑风生几丨种语言

都在啧啧惊叹

那位宇航员说

从太空依稀看得见的建筑

是你凝固的烟波

嫦娥也欣慰

阿尔忒弥斯也倾心

那位坐轮椅的外国妇女

坐着轮椅被人抬上来之后

流泪了

泪水折射出一位总统的那句

关于你和中华民族的赞语

把狼烟留给发黄的史页

让潮水般杀声录入回音壁上

今晚八达岭打亮

六百五十盏彩灯

辉煌了古老的中国

你果真是巨龙凌空翻飞，搅得

太阳月亮星星瞠目

一道墙，让全世界

抬起眼睛

七十枚跳动的红宝石

袁心玥和朱婷

网高才 2.24 米

袁心玥已是 2.01

天下才共一石

你独得八斗

双手一伸

拦截住那边的妄念

单手扣一个"探头"

对面人仰马翻

有朱婷在场

比赛就有看头、上瘾、解渴

扣一个球

滚倒网那边两个

让我总想起小时候看爷爷抽烟

抽完，把烟袋锅往鞋底一磕

一星余火就没脾气了

唐朝诗人

那位诗仙——青莲居士

一人时畅饮，相聚时更饮

大醉后仰天

整个盛唐在诗里飘飘忽忽

那位诗圣——少陵野老

得意时欢饮，失意时尤饮

一声长叹，茅屋被秋风儿百年散落

每一片枯叶上都刻着朝廷的衰败

浪漫主义、现实主义

与杯盏无关，与十五度酒精无关

我只思索这酒的神奇

酒会偷走一截生命的长度

也会催开一朵花的千年灿烂

假使真的没有酒

谁能说清

一万首唐诗会折损几分

阿赫玛托娃

世上许多往事去了又来

犹如今晚莫斯科郊外的月亮重圆

有幸能与你文字交流

当然，是你说我听

我听到你的呼吸

看到你的心曾怎样跳动

父亲憎恶文学

拒绝你在名字前用他的姓氏发表诗作

不得已，你以鞑靼血统的祖母的姓

锋芒毕露地作为笔名

丈夫是著名诗人

而他在你心上插入许多苦痛。终以离异落幕

一时期，你遭批判

曾有一个声音以极为宽慰的口吻劝你背叛

而你"用双手堵住自己的耳朵"

强风暴雨，你没有倒下，终等来名誉恢复

一枚国际金奖

挂在你诗歌的胸前

你走了之后，你的诗成为苏联和俄罗斯的财富

留给了后人

那年，苏联在"二手时间"里徘徊

人们排队购买你的诗集

这就是

阿赫玛托娃的全部

书　法

运周身之气力

凝集于绵软毫端

顿时风生水起

有松涛声呼啸

有海潮拍岸

慢道满头银波

且看一纸黑浪

铁画银钩

气骨在内气韵溢出

风刀雪剑

太极拳

手臂柔柔地伸缩

腿脚轻轻地起落

风儿戏弄衣摆

若天上白云一朵

推出去了什么

似空非空

兜回来了什么

如虚不虚

在若无若有之中

延续生命长河

街　舞

帽沿　找不着北

歪斜出洒脱

鸡啄米的节奏

驴皮影的动作

没有鞍马的托马斯

倒着自旋的陀螺

是舞蹈　比舞蹈有力度

比有力度的武术多了活泛

青春的火团

火团上的蓝色花朵

初　心

南湖依旧穿一件烟雨

千万只透明的手轻轻托着

一只浮在自己倒影上的九尺红船

船里装着一个故事

当年小小舱内

是今天世界第一大党的一个临时会场

那时风紧，舱内拉下窗帘

每一句轻轻的话语都是震天的雷鸣

回音如接棒一代传递一代

七十枚跳动的红宝石

小船被风浪拍成

今天世界第一巨轮

桥牌高手

三落三起之后

老人回到桥牌桌边"大包干"

他的牌一出手就引来"开闸放水"

面对计划经济的大墙

他甩出一张："拆"

四座惊起　全世界惊起

有人说三道四："一夜间回到三十年前"

而时代和人民却拍案叫绝——好牌

哗啦啦门窗全部推开

新鲜气流奔涌冲进

他的烟抽得厉害　他的牌却比他的烟更厉害

他对撒切尔夫人说"主权不能谈判"

握着这张牌

香港回来了　澳门回来了

有一天　他说要戒烟　真的就烟雾不再

又有一天

他手中的几张特区牌腾空而起

中国　开始让世界瞩目

不，永远不会忘记

一

真相可以巧舌歪曲乎？

历史可以信笔涂改乎？

事实可以矢口抵赖乎？

覆辙可以妄为重蹈乎？

不！

有一个声音具体成强劲飓风

剑指雾霾生成的东瀛上空

不！

有一个声音拉响世界笛声

警示一小撮右翼鬼胎蠢动

二

幸存的目击者最有话语权！

遇难者始终没有闭上眼睛！

一页页血泪的史料印着！

一字字战犯的供词醒着！

外国友人安置的二十五个难民所作证！

约翰·马吉的十六毫米摄影机作证！

三

走过历史长廊

穿越时间隧洞

我听见

一九三七年十二月十三日倭寇轰炸南京炮声

我看见

长达四十多个日日夜夜遍地哀鸿

老人伸开嶙峋手臂无奈地呻吟

孩子的嘶哑声哭喊母亲

妇女惨遭奸辱

无辜居民被捆绑着活埋深坑

日军血淋淋刺刀上挑起裸婴

杀人取乐

獠牙狰狞

我的同胞啊

三十万亲人

山河蒙羞

血雨腥风

南京城撕心裂肺

长江水凄怆哀恸

四

列宁有一句话：

忘记过去就意味背叛

德国人勃兰特说：

谁忘记过去谁就会在灵魂上生病

不会忘记

不，永远不会忘记

撞响钟声

国家公祭

告慰全中国三千五百万亡灵

不会忘记

不，永远不会忘记

还要加上一句

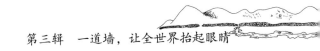

否认罪恶就意味重犯罪行

南京纪念馆向后人诉述

大型雕塑群为来人昭明

不会忘记

不，永远不会忘记

这人类的浩劫

这历史上最黑暗的一页

这中国人心上的巨大伤痛

五

鸽群翱翔蓝天

编织两个大字

——和平

历史的悲愤

转化成前行的助推器

强大的中国巨轮

驶向彼岸招手的复兴之梦

中国海监船

船头犁开深蓝色疆土

到哪里，哪里就浪花雀跃

岛屿上草木招手，礁石的脸上挂满热泪

都是留守岛礁的久别的孩儿

海水送去有节奏的鼓掌

海风唱起连心的歌儿

海监船是中国的眼睛

雪亮的灯柱是倚天长剑刺穿云雾

海监船上发出中国的声音

大海上雷声轰鸣

莫道海水波涛翻卷

没有界标

领海以内都是金瓯不可分割的骨肉

和黄河、长江

一脉跳动

波涛上下都是流动的

万里长城

内蒙古，我爱的海洋（代跋）

内蒙古，我已写过好多你的诗章

假如一首首衔尾相随，是八千行风光

一条涓涓流淌的清波微澜

小涧细流直奔我爱的海洋

内蒙古，我的笔无法停止驰骋

一旦收缰，不安的杂草就会疯长

此刻，我又蘸着热血走笔讴歌

唱起来，胸怀才舒泰通畅

蓝天穿白衫，长河系玉带，大地着绿装

北京的阳光量身定制出驰骋方向

内蒙古，你让世人瞩目

中国第二大高原挺直了脊梁

额尔古纳河流以其向上的风采

述说着往日，也述说着苍凉

今天又弹奏一千里银色弦音

旋律催人，一路腾挪跌宕

大兴安岭不负，"天然加湿器"美名

落叶松和白桦林涛声轰响

矫健的梅花鹿世代不改梅花的信念

悦耳的百灵鸟歌声充满向往

横贯一百一十八万平方公里的狭长

是一道风光旖旎的花廊

形状如一匹昂首奔腾的神马

仿佛听得见舒心的仰天长嘶声回荡

呼伦贝尔、锡林郭勒，牛羊随牧歌徜徉
霍林河、准格尔，乌金变作空中霞光
包头在白云鄂博手下长成钢铁巨人
呼和浩特打扮作时尚的新娘

河套、大窑、红山、扎赉诺尔
古人类文明诠释久远的辉煌
嘎仙洞、长城遗址、古汉墓壁画
多民族融洽，岁月悠悠漫长

城陵追忆一代天骄的昔日神韵
青冢巍峨，弹唱胡汉和亲的乐章
四季那达慕引来天南地北游客
马头琴声在天与地之间飞翔

伊利、蒙牛，祖先的牛奶遍布世界餐桌

鄂尔多斯羊绒衫成为地球的"小棉袄"

还有"塞上粮仓"，还有世界第一稀土矿藏

恐龙化石登上吉尼斯记录金榜

每一块山石里都储藏珍宝

每一汪泉水里都流动妙方

内蒙古，你是一棵好大的梧桐树

吸引着筑巢栖身的凤凰

今天向大自然发出绿色请柬

用两只手把沙害封入历史档案存放

不只牛羊，让天鹅、让麋鹿与人类共处

插上高科技翅膀，飞向梦里天堂

内蒙古，我的心在你土层下跳动

我愿我的诗，每一字化作一滴水流淌

去浇灌你，去润泽你，去绿化你
报答母亲养育斯长于斯的乳浆